Plagio

Otras obras del autor en español

Comedias para 2
El Joker
El Último Cartucho
EuroStar
Zona de Turbulencias

Comedias para 3
13 y Martes
Por Debajo de la Mesa
Un pequeño asesinato sin consecuencias

Comedias para 4
Amores a Ciegas
Cuatro Estrellas
Foto de Familia
Strip Poker
Un Ataúd para Dos

Comedias para 5 o 6
Crisis y Castigo
Pronóstico Reservado

Comedias para 7 a 10
Bar Manolo
El pueblo más cutre de España
Milagro en el Convento de Santa María-Juana

Comedias de sainetes (sketches)
Breves del Tiempo Perdido
Ella y El, Monólogo Interactivo
Muertos de la Risa

JEAN-PIERRE MARTINEZ

Plagio

La Comédi@thèque
comediatheque.com

PERSONAJES

Alex
Gloria
Sasha

El papel de Sasha puede ser interpretado por una mujer o por un hombre.

ISBN 978-2-37705-426-8

Escena 1

Un salón burgués. Alex está sentado en su escritorio, trabajando en su discurso. Entra Gloria, su esposa, una mujer de clase alta, snob y elegante.

Gloria – ¿Ya estás listo?

Alex – O sea que tú no lo estás todavía...

Gloria – Tenemos tiempo de sobra ¿no? Faltan dos horas.

Alex – Claro. además, todavía puedo rechazarlo...

Gloria – Rechazar el Premio Nobel de literatura, puede verse como algo muy honorable. Hay precedentes. Jean-Paul Sartre, Bob Dylan...

Alex – Si no me equivoco, Dylan acabó por aceptarlo.

Gloria – Pero la Cruz de Caballeros de las Artes y las Letras... No conozco a nadie que la haya rechazado.

Alex – Tienes razón, sería ridículo. Esperaré a que me propongan el Nobel, y decidiré qué hacer para entonces.

Gloria – ¿Has preparado un discurso?

Alex – Aquí está. Estaba tratando de memorizarlo. Pero no te preocupes. No será muy largo. No me gusta hacer discursos...

Gloria – Me lo recitarás en el coche...

Alex – Ay... Qué haría yo sin ti.

Gloria – Lo mismo, supongo.

Alex – Pero sería mucho más aburrido... *(Parece que Gloria está buscando algo)* ¿Has perdido algo?

Gloria – ¿Has visto mi móvil?

Alex – No... ¿Quieres que te llame?

Gloria – Voy a buscar un poco más. Necesito saber que todavía puedo encontrar sola a mi móvil.

Alex – Preguntándome dónde está...

Gloria – Espero que en tu discurso empieces por dar la gracias a tu esposa.

Alex – Pensaba hacerlo al final, pero si lo prefieres, empezaré por esto...

Gloria – Me llevaré unos ejemplares del Nadal, por si acaso.

Alex – Ah, este Premio Nadal... A veces me pregunto si no fue una maldición.

Gloria – ¿Por qué dices esto?

Alex – No escribí nada después de recibirlo.

Gloria – Tampoco antes habías escrito mucho.

Alex – Gracias por recordármelo.

Gloria – Volverás a escribir. Solo falta que encuentres un tema.

Alex – Sí...

Gloria – Además, hay escritores que sólo escribieron una obra maestra en toda su vida.

Alex – ¿De verdad...?

Gloria – Cervantes, por ejemplo... Fuera del Quijote...

Alex – Sí, pero él empezó a escribir a los sesenta. Eso explica que no escribió mucho...

Gloria – Todo el mundo sabe muy bien que uno necesita tiempo para recuperarse de un Premio Nadal.

Alex – Hay autores que no se recuperan nunca. A veces me pregunto si no hubiera hecho mejor en seguir siendo profesor.

Gloria – Vamos... ¿Te imaginas enseñar literatura en una secundaria de los suburbios de Madrid, frente a unos cuarenta analfabetos?

Alex – No exageres. Con mis diplomas y tus relaciones, nunca me hubieran mandado más lejos que la Puerta del Sol. Habría enseñado en una escuela católica, delante de unas niñas bien, vestidas con faldas escocesas, y dispuestas a cualquier cosa para conseguir buenas notas sin abrir un libro...

Gloria – Vale... Visto así, entiendo mejor que lo lamentes. Recuérdame instalar un código parental en la tele. Me parece que cuando no estoy, ves películas un poco raras.

Alex – Es cierto que como novelista, la mayoría de mis admiradoras se acercan más a la menopausia que a la pubertad.

Gloria – No olvides que yo fui tu primera admiradora.

Alex – Me acuerdo muy bien.

Se acerca a ella para besarla, pero ella se aleja.

Gloria – Vamos, tienes que terminar tu discurso... Pero si lo extrañas tanto, volveré a llevar mi falda escocesa de vez en cuando, te lo juro.

Alex – Por cierto, me olvidé: acabo de hablar con Carlos.

Gloria – ¿Cómo está?

Alex – Nos propone pasar la Navidad con ellos en su chalet de Sierra Nevada. Lo aprovecharíamos para organizar una sesión de firmas. Según parece, hay una librería muy grande en Sierra Nevada, y muy de moda.

Gloria – ¿De verdad?

Alex – ¿Es extraño, no? Las burguesas de Madrid no abren un libro durante todo el año, y tan pronto como están de vacaciones, se apresuran a la librería más cercana para comprar todas las novelas recién premiadas.

Gloria – Esas burguesas, como tú dices, son tus lectoras. Por lo menos son ellas que compran tus libros...

Alex – Será el aire de la montaña. Además, uno se aburre tanto en la Sierra Nevada.

Gloria – Sobre todo cuando no practica ningún deporte de invierno, como tú.

Alex – Le invité a cenar con Diana el miércoles ¿qué te parece?

Gloria – El miércoles, cenamos en casa de mis padres.

Alex – Ah sí, perdón... Como habitualmente es el martes...

Gloria – Pero este miércoles es el cumpleaños de mi madre ¿no te acuerdas?

Alex – Sí, por supuesto... ¿El jueves, entonces?

Gloria – ¡El jueves, es el vernissage de la expo de Carla!

Alex – También había olvidado eso.

Gloria – Si algún día me dejas, Piensa en reemplazarme por una muñeca hinchable y una agenda electrónica.

Alex – Tal vez no deberíamos aceptar tantas invitaciones... Nos aburguesamos ¿no?

Gloria – Lo dices ahora, pero después de una semana, te aburrirías... Bueno, tengo que arreglarme.

Gloria sale. Alex vuelve a su discurso.

Alex – Señora Ministra, hace unos años ya, premiando mi novela *Otra vida*, el Jurado del Premio Nadal reconocía en mí un humilde servidor de la lengua de Cervantes. Hoy me entregáis esta Cruz de Caballeros de las Artes y las Letras. Pero si tengo que ser caballero, seré más bien un Don Quijote. De hecho, para vivir su sueño de escritura, y simplemente para vivir de su escritura, un joven escritor tiene primero que luchar contra molinos de viento...

Gloria vuelve.

Gloria – Perdona que te moleste otra vez, pero hay una mujer en la puerta. Dice que ha venido de muy lejos para que le dediques tu libro, y que esperaba esto desde hace años.

Alex – ¡Pero si no es el momento...! Además ¿qué es eso de llamar a nuestra puerta sin avisar de antemano? ¿Y dónde encontró nuestra dirección? No figuramos en el listín telefónico...

Gloria – No lo sé, pero insiste. Serán cincos minutos, nada más. Mejor terminar con ella en seguida, sino va a volver. ¿Qué quieres, querido? ¡El precio del éxito! Después de todo, son ellas las que compran tus libros...

Alex – Muy bien, le firmaré su libro.

Gloria – Le dije que no tenías mucho tiempo.

Alex – Hoy en día, a una Ministra ¿le das la mano, le das un beso... o le besas la mano?

Gloria – Ni idea...

Alex – Cuando no había ninguna mujer ministra era mucho más fácil.

Gloria – La dejo entrar...

Gloria sale.

Escena 2

Alex suspira, se sienta, y vuelve a trabajar en su discurso.

Alex – Don Quijote... Tampoco hay que exagerar...

Sasha entra. Por su forma de vestir y de actuar, tiene un aspecto andrógino.

Sasha – Le imaginaba más joven...

Alex – Perdón, no la había visto entrar.

Sasha – Entonces, así se ve el salón de un escritor exitoso...

Alex – Disculpe. En otra ocasión le hubiera ofrecido un café y hubiéramos charlado un rato, pero ahora mismo, estoy un poco apurado...

Sasha – Sí, es verdad... La Cruz de Caballeros de las Artes y las Letras... No se la vaya a perder...

Alex – Así que está al tanto...

Sasha – Me lo contó su esposa... Bueno, supongo que es su esposa... O su secretaria... Las dos, quizás...

Alex – Muy bien... Entonces, ya sabe que no tengo mucho tiempo que dedicarle...

Sasha – No se preocupe, no lo entretendré mucho.

Diciendo esto, se sienta y se pone cómoda.

Alex *(irónico)* – Pero se lo ruego, siéntese, por favor. Ha venido para una dedicatoria, si no me equivoco...

Sasha – Eso. Una dedicatoria, sí... (*Ella agarra un ejemplar del Premio Nadal en el escritorio y mira la portada.*) *Otra vida*, el trágico destino de una mujer quien decidió desaparecer y cambiar de identidad después de padecer un gran desengaño amoroso. Este libro habrá cambiado mi vida...

Alex – Gracias.

Sasha – No dije que la había cambiado para mejor...

Alex – Lo lamento, de veras...

Sasha – Su vida también ¿no es cierto?

Alex – ¿Mi vida?

Sasha – Este libro también cambió su vida ¿no? Y en su caso para mejor...

Alex – Cierto...

Sasha – Un Premio Nadal, no es poca cosa...

Alex – Desde luego.

Sasha – No había escrito nada importante antes. No escribió nada en absoluto después...

Alex – Es muy atento de su parte el recordármelo.

Sasha – Sin embargo, usted sabe muy bien utilizar los medios de comunicación para promocionarse. Artículos en los periódicos, programas de televisión, conferencias en el extranjero... ¡Es asombroso!

Alex – La promoción es parte del oficio... Aunque no sea lo que prefiero hacer.

Sasha – Preferiría escribir, me imagino. Desgraciadamente, solo firmó un bestseller.

Alex – Escribí dos novelas antes de publicar esta.

Sasha – Es cierto... Pero si usted me lo permite, no tienen el mismo aliento estilístico. Incluso se podría creer que no fueron escritas por el mismo autor.

Alex – Eran obras de la juventud. Maduré.

Sasha – Sea lo que sea, después de recibir este inesperado galardón, usted supo perfectamente sacar provecho de su nueva fama. Reconozca que gracias a la familia de su esposa, no carece de contactos en el ámbito de la prensa y de la política. Su suegro es embajador, si bien recuerdo...

Alex – Parece estar muy bien informada... Bueno como le dije, tengo prisa. ¿Ha llevado un ejemplar para que lo firme?

Sasha – ¿Para qué? Si aquí hay de sobra...

Alex – Ya veo... Como me dijo mi mujer que usted había venido desde lejos, le voy a escribir esta dedicatoria, y luego le pediré que se vaya *(Agarra un ejemplar)* ¿Cómo se llama usted?

Sasha – Sasha.

Alex – ¿Cómo se escribe?

Sasha coge el ejemplar, escribe una dedicatoria y le devuelve el libro a Alex.

Sasha – Así.

Alex coge el libro, intrigado.

Alex *(leyendo la dedicatoria)* – «Para mi fan número uno»... Habitualmente, soy yo quien escribo las dedicatorias para mis lectoras, y soy yo quien las firmo...

Sasha – Es cierto... Firmar es algo que usted sabe hacer muy bien...

Alex – Mire, señorita...

Sasha – Sasha.

Alex – Mire, Sasha, irrumpe en mi casa sin estar invitada. Tengo la cortesía de recibirla, aunque tenga mucha prisa. Pero si es para insultarme... Además ¿quién es usted, exactamente?

Sasha – La voz de su consciencia, quizás. Por si tiene una...

Alex – ¿Qué es lo que intenta decirme exactamente?

Sasha – Sabemos muy bien tú y yo que todo esto es mentira.

Alex – ¿Todo esto? ¿A qué se refiere y por qué esta familiaridad tuteándome?

Sasha – No fuiste tú quien escribió esta novela. Encontraste el manuscrito en un tren.

Alex – No me diga que ha venido por eso... *(Alex se recompone y cambia su modo de hablarle a Sasha)* En efecto, eso es lo que cuenta el prólogo de la novela. Pero sabes muy bien que el mismo Cervantes, como muchos otros novelistas, utilizó este procedimiento literario. Es parte de la ficción. No es la realidad.

Sasha – Sí... Pero en este caso, es la pura verdad. Además, tengo que reconocerlo, fue una jugada maestra. Firmar un manuscrito que no es tuyo, y atreverte a confesarlo en el prólogo, para que el lector lo entienda como un procedimiento literario...

Alex – ¡Es completamente ridículo! Cómo puedes estar tan segura de que no soy el autor de este libro?

Sasha – Porque el verdadero autor de este manuscrito soy yo.

Gloria entra.

Gloria – Nos tenemos que marchar, querido... Si no queremos hacer esperar a la ministra...

Alex – Sí, sí, sólo será un momento.

Sasha – No se preocupe, señora. No quiero privar a su marido de tan merecido galardón.

Gloria sale.

Alex – ¿Pero de qué me estás hablando?

Sasha – La pura verdad, y tú lo sabes mejor que nadie.

Alex – Si es cierto ¿por qué no has venido a decírmelo antes?

Sasha – Digamos que... no tuve la oportunidad.

Alex – Basta ya. No tengo tiempo para adivinanzas. Ahora te pido que salgas de mi casa.

Sasha – Al salir de aquí, iré directamente a ver el director del mayor periódico de la mañana. Estoy segura de que le interesará mucho lo que tengo que contarle.

Alex parece vacilar un momento.

Alex – Muy bien, te escucho...

Sasha – Después de perder mi manuscrito, en el que había estado trabajando diez años, sufrí una profunda depresión.

Alex – Y por supuesto, no habías hecho fotocopias.

Sasha – Eso fue hace mucho tiempo. Escribía a la antigua usanza, en un cuaderno grande, con una pluma estilográfica. Y justo aquel día que perdí el cuaderno, iba a Madrid para sacar copias y mandarlas a editoriales.

Alex – Ya que dices ser el autor de esta novela, podrías haberla escrito de nuevo.

Sasha – Tú también eres autor. Un pésimo autor, pero sin embargo un autor...

Alex – Gracias...

Sasha – Sabes muy bien que no es así de simple. Cuando uno ha trabajado durante años en una novela, dándole vueltas a cada frase y cada palabra durante horas, ya no tiene suficiente energía para empezar de nuevo tras perder su manuscrito. Y encima, sin estar seguro de que los editores a quienes mandarías tu novela se tomarán la molestia de leer alguna línea.

Alex – Reconoces entonces que no es tan fácil conseguir que una novela sea publicada, y que tenga la suerte de que alguien la lea, fuera de tus familiares y amigos.

Sasha – Cuando me vi amputada de la obra de mi vida, me quedé aturdida durante unos meses antes de caer en una profunda depresión. Incluso intenté suicidarme...

Alex – Otro fracaso, al parecer...

Sasha – Desgraciadamente para ti... Luego decidí hacer lo que iba contando al final de mi novela: desaparecer. Voluntariamente. Sin embargo, no tenía dinero. Y escribir era lo único que sabía hacer. En vez de volver a empezar una vida nueva, me puse a vagar por el mundo. Me había convertido en una mendiga. Ya no sabía nada de la actualidad literaria. Además, te habías cuidado de cambiar el título de mi novela. Casi no me di cuenta de este plagio...

Alex – Entonces ¿cómo te enteraste?

Sasha – Por pura casualidad, hojeando el libro en una biblioteca.

Alex – No tienes ninguna prueba para respaldar tus acusaciones...

Sasha – Sería fácil encontrar muchas. Esta novela es autobiográfica. La llené de referencias personales que no te diste la pena de esconder. Todo es verdad. Es mi vida. La heroína de esta novela, soy yo...

Alex – Ya veo...

Sasha – Todo el mundo te felicitó por haber sido capaz de caracterizar con tanto realismo el personaje de esta mujer herida quien intenta inventarse otra vida. Borrar la memoria y volver a empezar desde cero, parece fácil. Pero los cadáveres acaban siempre por salir a la superficie.

Alex – Lo siento...

Sasha – ¿Lo sientes?

Alex – No tenía manera de encontrar el autor. Además ¿cómo puede uno perder el manuscrito de una novela?

Sasha – Fue una agresión y muy violenta. Me robaron el bolso. Intenté resistir. Toda mi vida cabía en este cuaderno. Y todos mis sueños de redención. Me golpearon hasta dejarme sin sentido. Pensé que iba a morir...

Alex – ¿Y después?

Sasha – Desperté en un hospital. Mis agresores cogieron lo que les interesaba: el dinero. Para ellos, el resto no tenía valor. Abandonaron el manuscrito en otro vagón o en el andén. Donde lo encontraste, supongo...

Alex – Si tú lo dices...

Sasha – A menos de que se tratara de una emboscada, para despojarme de mi obra... ¡Una emboscada ordenada por ti !

Alex – ¡Estás loca!

Sasha – Se me pasó por la cabeza. Pero sólo se trataba de un robo con violencia. Habrán quedado muy decepcionados, pues sólo tenía dinero para las fotocopias.

Alex – ¿Cómo podría haberte encontrado? Tu nombre ni siquiera figuraba en la portada del manuscrito.

Sasha – Es cierto, pero nadie te obligó tampoco a apropiarte de mi obra.

Alex – Esperé dos años antes de publicar esta novela.

Sasha – El tiempo necesario para pretender haberla escrito... y estar seguro de que el autor no había conservado copias.

Alex – Pensé que era una pena privar al público de una obra maestra. No sabía que iba a ser galardonada con el Premio Nadal.

Sasha – Hiciste todo para lograrlo. No se gana un premio como este por casualidad.

Alex – Después era demasiado tarde. Ya no había vuelta atrás. Además, tú lo dijiste ¡Decidiste desaparecer, voluntariamente!

Sasha – No lo sabías.

Alex – Y tú, entonces ¿me buscaste?

Sasha – Lo cierto es que hoy, te encontré.

Alex – Hubieras venido a verme si esta novela no hubiese sido galardonada con este premio?

Sasha – No. Supongo que no.

Alex – Sin mí, este manuscrito nunca hubiera sido publicado. En cuanto a la oportunidad de ganar un premio...

Sasha – Después de todo quizás tendría que agradecerte ¿no?

Alex – ¿Y ahora qué?

Sasha – No sé. ¿Tú qué opinas?

Alex – ¿Qué es lo que quieres exactamente? Que te devuelva la vida que hubieras merecido tener antes de decidir cambiarla por otra? El pasado es el pasado. Nadie puede cambiarlo. Y ya no tienes futuro, al menos como escritora.

Sasha – Gracias.

Alex – Lo siento, pero así es. Unos tienen suerte y otros no. Pero el destino de uno no depende de un solo acontecimiento.

Sasha – Entonces ¿yo había nacido para tener una vida de mierda, y tú para ser rico y famoso?

Alex – ¿Qué quieres? ¿Vengarte?

Sasha – Todavía no sé lo que quiero. Tengo que pensármelo.

Alex – Estoy dispuesto a indemnizarte, por supuesto. Siempre que lleguemos a un acuerdo.

Sasha – Por ahora, sólo pido hospitalidad.

Alex – ¿Es una broma?

Sasha – Acabo de volver a España. No tengo ningún sitio a donde ir. Necesito descansar un poco y pensar en mi futuro. Estoy segura de que siempre tenéis una habitación libre para los amigos...

Gloria vuelve.

Gloria – ¿Pasa algo?

Alex – No, no... No hay ningún problema...

Sasha – Estábamos hablando de literatura.

Gloria – Nos vamos entonces...

Sasha – Me marcho. No quiero que se demoren. *(A Alex)* Pero se lo prometo, pronto volveré para seguir esta apasionante conversación...

Gloria echa una mirada sospechosa a Alex.

Oscuro.

Escena 3

Gloria vuelve. Suena el teléfono. Ella contesta.

Gloria – Sí mamá... Sí, acabamos de regresar... Sí, sí, todo ha ido muy bien. El discurso de la ministra fue muy emocionante. Darás las gracias a papá. Es por él si aceptó presidir ella misma la ceremonia. Estudiaron juntos a Cambridge, si no me equivoco... Oxford, eso es... Sí, lo felicitaré de tu parte. Está aparcando el coche. Mira mamá, te lo contaré todo el miércoles ¿vale? Sí, sé muy bien que hubierais preferido estar presente pero no te preocupes. Habrá otra ocasión... ¿Cuando? Pues que sé yo... Eso es, cuando lo condecoren con la Orden del Mérito! *(Ríe de una manera un poco exagerada)* Vale, un beso muy fuerte.

Alex vuelve en ese mismo momento.

Alex – ¿Quién era?

Gloria – Mi madre.

Alex – Claro...

Gloria – ¿Por qué? ¿Estabas esperando otra llamada?

Alex – No, no, en absoluto...

Gloria – ¿Me la puedes enseñar?

Alex – ¿Enseñarte la qué...?

Gloria – ¡La medalla!

Alex – La medalla, sí... Pero... creo que la olvidé en el coche.

Gloria – Bueno... Parece que te importa un pepino. ¿No te alegra?

Alex – Claro, por supuesto...

Gloria – No me tomes por idiota, por favor. Veo muy bien que algo te preocupa.

Alex – Nada en absoluto, te lo aseguro.

Gloria – Desde la visita de esta mujer, exactamente.

Alex – ¿De qué hablas?

Gloria – ¿Quién es? ¿Tu amante?

Alex – ¡Pero bueno, querida ! ¿La has visto?

Gloria – De acuerdo, no es muy atractiva. Pero tampoco es tan fea como para asustarte. Aunque noté muy bien el miedo en tu mirada frente a esa mujer.

Alex – Lo hablaremos mañana ¿de acuerdo? Ahora no tengo las ideas muy claras. Temo haber bebido un poco demasiado.

Gloria – Sólo te vi tomar una copa de champán...

Alex Pues será el caviar lo que me sentó mal... Sospecho que no estaba muy fresco... ¿Y si eran huevos de salmón en lugar de caviar? ¿Te puedes creer que en un ministerio puedan tener la cara de servir huevos de salmón? Están llevando un poco lejos los recortes presupuestarios ¿no te parece?

Gloria – No esperaré hasta mañana, Alex. Si tienes algo que decirme, te escucho.

Alex vacila antes de decidirse a hablar.

Alex – Tienes razón. No serviría de nada esperar. Desgraciadamente, tengo que asumir las consecuencias de mis actos...

Gloria – Ahora soy yo quien tiene miedo. ¿Y entonces?

Alex – No es algo muy fácil de confesar...

Gloria – Es tu amante.

Alex – Sería más fácil si fuera mi amante.

Gloria – ¿Y quién es, entonces?

Alex – Una chantajista.

Gloria – ¿Con qué propósito podría chantajearte? El único caso más o menos judicial en que estuviste involucrado es un arresto por profanación de sepultura.

Alex – Es cierto.

Gloria – Te soltaron cuando se dieron cuenta de que estabas completamente borracho y que se trataba de la sepultura de tu propio padre.

Alex – Sólo había meado en la lápida. Una estúpida apuesta conmigo mismo.

Gloria – Así que no es por esto que te quiere chantajear.

Alex – Desgraciadamente, no.

Gloria – Entonces ¿qué?

Vacila de nuevo.

Alex – Y si te dijera que toda mi vida es una mentira...

Gloria – ¿Una mentira...?

Alex – Peor todavía. Una estafa. Una estafa intelectual.

Gloria – Te escucho… .

Alex – Como tú siempre dices, había escrito antes, pero todos están de acuerdo en afirmar que esta novela fue mi obra maestra.

Gloria – ¿Y...?

Alex – Si no fuera yo el autor de este libro... *(Ni siquiera parece sorprenderla)* ¿No dices nada...?

Gloria – Estoy pensando.

Alex – ¿Estás pensando? Te digo que estás casada con un plagiario, y tu estás pensando?

Gloria – Siempre supe que no podías ser el autor de esta novela.

Alex – Pues te lo confirmo: no soy el autor de esta novela.

Gloria – Sí, no estoy sorda. Ya te oí.

Alex – ¿Y no te molesta?

Gloria – Este libro, decidimos juntos publicarlo. Y juntos lo hemos promocionado. Es como nuestro hijo. El hijo que nunca tuvimos.

Alex – Pues te lo repito tampoco en este caso soy el padre...

Gloria – Lo sé.

Alex – ¿Cómo que lo sabes? ¿Y cómo lo sabes? ¿Sólo porque no me crees capaz de haber escrito tal obra maestra?

Gloria – Vi el manuscrito. No era tu letra.

Alex – ¿Y por qué no me dijiste nada?

Gloria – No hubiéramos podido vivir juntos con esta mentira.

Alex – Y preferiste que la viviéramos cada uno por nuestro lado...

Gloria – Funcionó muy bien hasta hoy ¿no? Y podría haber seguido funcionando.

Alex – Desgraciadamente, esta mujer ha venido a llamar a nuestra puerta. Y ahora, nada podrá seguir como antes.

Gloria – Depende...

Alex – ¿Depende? ¿Y de qué?

Gloria – Pues de que podamos acordar un arreglo.

Alex – Primero, tendríamos que arreglar algo nuestra conciencia, ¿no? ...

Gloria – Esto lo hemos logrado desde hace muchos años ¿verdad?

Alex – ¿Y qué más sabes? Fuera de que no soy el padre de nuestro bebé...

Gloria – No sé quién es el padre. Pero desde la visita de esta mujer, creo saber quien es la madre.

Alex – ¿Cómo pudiste dejarme hacer esto?

Gloria – Por amor, supongo. También por ambición, lo confieso. Querías tanto vivir esta vida. Una vida de escritor. Pues la has vivido...

Alex – Pero no soy más que un impostor. Y nuestra vida es un sueño que pronto se volverá una pesadilla. Lo sabías todo. Deberías haberme detenido...

Gloria – No inviertas los papeles, por favor...

Alex – Tienes razón. El único culpable soy yo. ¿Vas a dejarme?

Gloria – Si hubiera tenido que dejarte, lo hubiera hecho entonces. Ya no tenemos opción. Estamos los dos en el mismo barco.

Alex – Y este barco se va a hundir.

Gloria – Ante todo ¡Que no cunda el pánico! Tenemos que pensarlo bien. ¿Qué piensas hacer?

Alex – No sé... El suicidio sería la mejor opción, supongo. Por lo menos sería romántico...

Gloria – No digas tonterías. No tienes suficiente valor para suicidarte.

Alex – No sabía que tenías tan buena opinión de mí. No sé cómo has podido seguir casada conmigo tantos años. Cómo has podido seguir queriéndome...

Gloria – Lo que quiero es nuestro matrimonio. Nuestra complicidad. Somos cómplices, Alex… No te abandonaré. Y no dejaré que esta mujer nos destruya.

Alex – En este caso, soy yo quien destruyó su vida...

Gloria – Por otro lado, este manuscrito fue publicado porque ya tenías alguna notoriedad.

Alex – Y sobre todo gracias a las relaciones de mi suegro...

Gloria – Esta mujer nunca hubiera tenido éxito, aunque hubiera escrito El Quijote.

Alex – Intenté explicárselo... Pero me temo que no sea suficiente...

Gloria – Todo el mundo sabe muy bien que no se gana un Premio Nadal con sólo enviar un manuscrito por correo a unas editoriales. Está todo el peso de la reproducción social. Hay que tener contactos.

Alex – Tienes razón, no basta con tener talento. De lo contrario, Van Gogh hubiera sido multimillonario. Sus cuadros acabaron por venderse, es cierto, pero después de su muerte. Y sólo enriquecieron a los especuladores.

Gloria – Es injusto, pero es así. El dinero llama al dinero, y el éxito llama al éxito. El mercado del arte determina el precio de un artista según la ley de la oferta y demanda. El talento no tiene nada que ver con esto. Si no, no se podría ver tanta basura en los museos de arte contemporáneo. Y en cuanto a la literatura, igual...

Alex – Temía que mi esposa renegara de mí tras confesarle esta imperdonable falta moral. Casi me siento decepcionado.

Gloria – ¡No me vas a echar un sermón, además de eso!

Alex – Somos monstruos, Gloria. Será mejor que lo confiese todo ahora mismo...

Gloria – ¡Ni hablar ! Te recuerdo que yo también puedo perderlo todo en el escándalo! Empezando con mi honor...

Alex – ¿Tu honor?

Gloria – Mi reputación, si prefieres. Sin hablar de la de mis padres... Abandoné todo para cuidar de tu carrera. ¿Te imaginas el escándalo si la prensa se enterase? Mamá no lo aguantaría... Con lo frágil que tiene el corazón.

Alex – Claro... Pero tampoco podemos hacer como si nada. Esta perra ya no nos dejará en paz.

Gloria – ¿Te está chantajeando?

Alex – Todavía no. Sólo me preguntó si podía dormir aquí.

Gloria – ¿Dormir?

Alex – Por unos días, me imagino. Dice que no sabe a dónde ir...

Gloria – ¿Y qué le dijiste?

Alex – No estaba precisamente en posición de negociar. *(Llaman a la puerta)* Será ella...

Intercambian una mirada, muy preocupados.

Gloria – Voy yo...

Oscuro.

Escena 4

Sasha entra, con una taza de café en la mano. Acaba de despertar, y puede estar vestida con un pijama de hombre, o llevar poca ropa. Se sienta en el escritorio. Alex entra y la mira, molesto de verla sentada en su sitio.

Alex – Ponte cómoda... Siéntete como en casa.

Sasha – Si compraste esta casa con el dinero que ganaste con mi novela, de alguna manera me puedo sentir como en casa...

Alex – Esta casa es de la familia. Nos la dejaron mis suegros.

Sasha – Siempre soñé con tener un escritorio como este... ¿Es caoba?

Alex – Creo que sobrevaloras el beneficio de un Premio Nadal. Fuera de la fama...

Sasha – ¿En serio?

Alex – No creas que un premio literario hubiera bastado para que entraras a formar parte de la clase de los privilegiados. El precio de entrada es mucho más caro, te lo aseguro.

Sasha – Entonces demasiado caro para mí.

Alex – El éxito no depende únicamente del talento ¿sabes?

Sasha – Lo sé, puesto que como escritor exitoso, careces totalmente de talento.

Alex – Para salir adelante en este oficio, necesitas paciencia, persistencia, habilidad... Tienes que hacer muchas concesiones, también. Tragar sapos y culebras.

Sasha – Estoy segura de que eso, lo sabes hacer muy bien.

Alex – Escribir es un arte, por supuesto. Pero no es lo más difícil. Por lo menos, no es lo que cuesta más trabajo. En cierto modo, te envidio...

Sasha – ¡Pues intercambiemos nuestros papeles...!

Alex – No es así de simple.

Sasha – ¿De verdad?

Alex – Estoy seguro de que podemos llegar a un acuerdo.

Sasha – Te quedas con la fama y me devuelves el dinero?

Alex – Pensaba más bien en un justo reparto de los derechos. Siempre y cuando este acuerdo permanezca estrictamente confidencial, por supuesto.

Sasha – Por supuesto.

Alex – Mira que podría ofrecerte hasta el cincuenta por ciento.

Sasha – Durante años, aprovechaste los beneficios de mi trabajo. Sin hablar de la fama. ¿Cómo piensas compensar esta injusticia?

Alex – Podríamos prever una compensación global por lo que es del pasado, claro. Además de aquel reparto sobre los beneficios futuros. ¿Qué te parece?

Sasha – Me lo pensaré...

Alex – Construí una reputación, día tras día, año tras año. Mientras tú decidiste desaparecer y darte una vueltecita por el mundo en solitaria...

Sasha – Ya te entiendo. Y sería algo deshonesto por mi parte pedirte algo ahora.

Alex – Tampoco diría eso. Pero tú también podrías sacar provecho de lo que tengo construido, en lugar de destruirlo todo.

Sasha – ¿Provecho?

Alex – ¡Dinero! Siempre que permanezcas en la sombra, por supuesto.

Sasha – No me digas...

Alex – Mi editor me está presionando para que escriba otra novela. Podríamos colaborar tú y yo. Tu talento, mis contactos. Además de la fama que ya alcancé. Y compartimos los beneficios.

Sasha – Después de robar mi novela, tienes el descaro de contratarme? Eres un sinvergüenza...

Alex – No te equivoques. Un juicio por plagio duraría años. Yo tendría el mejor de los abogados. Y dado que el éxito tampoco estaría del todo asegurado, perderíamos ambos mucho tiempo. Y que sepa, ya perdiste bastante tiempo como para volver a malgastarlo.

Sasha – Tu cinismo es impresionante. Pero entiendo tus argumentos.

Alex – Piénsalo, entonces. Y luego lo discutimos.

Alex sale.

Escena 5

Sasha toma su café. Gloria entra.

Gloria – ¿Todo bien? ¿Tienes todo lo que necesitas?

Sasha – La verdad es que tengo un poco de hambre. ¿No tendrías algo para mojar en el café?

Gloria *(con ironía)* – ¿Quieres que te vaya a comprar unos croissants?

Sasha – Por favor, no te molestes. Si es que la criada se tomó el día libre...

Gloria – Creo que hay unas galletas en el armario de la cocina.

Sasha – ¿Galletas? Me encantan las galletas. Voy a mirar...

Gloria – A mí no me gustan, pero a mi marido le chiflan y come muchas mientras está trabajando. Es muy goloso.

Sasha – Cuando uno ya no encuentra otros placeres en la vida...

Gloria – Piensas quedarte aquí mucho tiempo?

Sasha – No lo sé todavía. Depende...

Gloria – ¿De qué?

Sasha – De tu marido, para empezar. Tenemos un asunto pendiente. Me quiere contratar para escribir su próxima novela ¿No te lo había dicho?

Gloria – No me tomes por tonta. Mi marido no tiene secretos para mí. Me lo contó todo.

Sasha – Lo siento por ti, sinceramente.

Gloria – ¿De verdad?

Sasha – Pensabas estar casada con un gran novelista, y te das cuenta que sólo es un plagiario...

Gloria – ¿Qué es lo que quieres?

Sasha – Tendrías que haberte casado conmigo...

Gloria – No me digas que eso es lo que quieres... Pero si fuera el caso, debes saber que estoy dispuesta a todo para el hombre que quiero. O sea que si te gustan las mujeres maduras...

Sasha se ríe.

Sasha – Entonces ¡Tú también eres una descarada!

Gloria – Lo tomaré como un cumplido...

Sasha se aproxima a Gloria y le acaricia la mejilla.

Sasha – Y yo ¿te gusto? *(Gloria parece algo perturbada, pero de inmediato se recompone)* Después de todo, el genio soy yo. Y te casaste con él porque pensaba que era un genio.

Gloria – No sólo por esto.

Sasha – Además, yo podría escribir otras novelas...

Gloria – Si es así ¿por qué no lo hiciste ya?

Sasha – Lo haré, te lo prometo.

Gloria – Alex me dijo que en esta primera novela, contaste tu propia historia. A lo mejor, no tienes nada más que contar.

Sasha – Un novelista cuenta siempre algo de su propia vida ¿no?

Gloria – Y por eso, con el tiempo, tiene cada vez menos cosas interesantes que contar. No estoy segura de que sería un buen negocio contratarte...

Sasha – Siempre podría contar vuestra vida. Parece muy emocionante...

Gloria – La vida de ciertos estafadores es todavía más excitante que la de la mayoría de las personas honestas. Sobre todo cuando tienen una mentalidad de víctima, como tú...

Sasha – Al fin y al cabo, aquí, la verdadera artista eres tú.

Gloria – Sea lo que sea, por lo que es de tu fecundidad literaria, ya alcanzaste la edad de la menopausia ¿no?

Sasha – Tu marido es estéril. Y no sólo como escritor. Ni siquiera fue capaz de darte un hijo.

Gloria – No te metas en nuestro matrimonio, no lo podrías entender.

Alex entra.

Alex – ¿Estáis hablando de mí?

Gloria – Bueno, yo os dejo...

Gloria sale.

Escena 6

Alex – No te pases de la raya, te lo advierto.

Sasha – ¿Y de lo contrario?

Alex – Sé que no tienes muy buena opinión de mí, pero no me subestimes.

Sasha – Lo intentaré... Confieso que no va a ser fácil... Pero haré lo que pueda.

Alex – Te hice una propuesta.

Sasha – Y la estoy considerando, te lo aseguro... *(Silencio)* ¿Todavía lo tienes?

Alex – ¿El qué?

Sasha – ¡El manuscrito!

Alex – No...

Sasha – Lo destrozaste ¿es eso? Para borrar toda evidencia de tu crimen...

Alex – ¿Por qué lo preguntas? ¿Para que te lo devuelva y te lo lleves de recuerdo?

Sasha – Ya sabes que para mí este manuscrito tiene un valor sentimental.

Alex – Entenderás que si lo tuviera todavía, no te lo devolvería sin contrapartida.

Sasha – Lo que entiendo es que ya no lo tienes.

Alex – Digamos que... no sé donde está.

Sasha – Es tan estúpido que viniendo de ti, pudiera ser verdad.

Alex – ¿Y tú, quién me asegura que no mientes? Para engañarme...

Sasha – En este caso, ya lo conseguí. Me lo confesaste todo de inmediato.

Alex – Es cierto, pero podría negarme a pagar.

Sasha – Jugaste y perdiste. Las deudas de juego son deudas de honor. Y sabes lo que ocurre a quien no las paga.

Alex – No sabemos nada de ti.

Sasha – Ya te lo dije. Esta novela es autobiográfica.

Alex – Sí, pero eso fue hace años. Ya no eres la protagonista de esta novela. Y ya no soy tampoco él que la firmó.

Sasha – No te atreverás.

Alex – ¿A qué?

Sasha – Pagarás. Para no perder todo esto. Tu pequeña vida de novelista de moda. Tus pequeñas comodidades. Con una pequeña medalla de vez en cuando para recompensar las buenas notas que conseguiste copiando.

Alex – Entonces, no me equivoco. Quieres dinero.

Sasha – Sería mas simple par ti ¿Verdad?

Alex – ¿Qué más podrías querer?

Sasha – ¿Tienes idea de lo que siente un escritor al ser despojado de su obra? Al ver su propio libro, escrito con su propia sangre, firmado por otro...

Alex – No...

Sasha – Es lo que siente una madre a quien le quitan a su bebé al nacer para dárselo a una persona ajena.

Alex – Yo no quería eso. Este manuscrito fue como un niño encontrado. ¿Y cómo sé yo que no lo abandonaste?

Sasha – Quieres decir ¿voluntariamente?

Alex – O sea una botella al mar esperando a que alguien la encuentre... Tu salvador... Y que haga por ti los trabajos sucios...

Sasha – Si te entiendo bien, hasta merecería otra medalla por haber atendido a mi llamada de socorro.

Alex – Este manuscrito, no te lo robé.

Sasha –De hecho, no tienes cojones suficientes como para hacer un atraco.

Alex – Puedo ser un cobarde, pero no soy un criminal... Y si bien puedo pagar para acostarme, no quiere decir que vaya a violar a alguien...

Sasha – Bueno... Mejor voy a vestirme...

Sasha sale.

Escena 7

Gloria vuelve.

Alex – No la aguanto más... Es que verla aquí todo el día revolcada en mi sofá o sentada en mi escritorio con tanto descaro...

Gloria – Yo tampoco la aguanto, pero quizás sea mejor así.

Alex – ¿En serio?

Gloria – Por lo menos, no está en el bar de la esquina, borracha como una cuba, contando su desgraciada vida a quien quiera escucharla. A un periodista, quizás...

Silencio.

Alex – Me dijiste que habías visto el manuscrito.

Gloria – Sí.

Silencio.

Alex – ¿Sabes dónde está?

Gloria – ¿Quién? ¿Ella?

Alex – ¡El manuscrito! La última vez que lo vi, estaba en el cajón de mi escritorio, cerrado con llave. Y al día siguiente había desaparecido.

Gloria – ¿La cerradura había sido forzada?

Alex – Ni siquiera... Y sólo tú puedes saber donde escondo la llave.

Silencio.

Gloria – De acuerdo, lo cogí yo.

Alex – Me lo figuraba...

Gloria – Lo sabíamos los dos, entonces.

Alex – Puedo comprender que no hayas dicho nada cuando te enteraste de que estabas casada con un plagiario, pero ¿por qué coger el manuscrito?

Gloria – Un seguro de vida, supongo...

Alex – ¿Un seguro? ¿Para qué?

Gloria – Por si la fama te subiera a la cabeza y quisieras dejarme por otra más joven.

Alex – ¿Así que todavía lo tienes?

Gloria – Sí...

Alex – Ahora es cuando empiezo a conocerte...

Gloria – ¿Me tomabas por una tonta?

Alex – Pensaba mover los hilos en esta farsa. Pero al final, me doy cuenta de que el títere soy yo.

Gloria – Pero sigues estando en el foco de atención, querido...

Alex – Si tengo que salir de nuevo en las noticias, prefiero que no sea como plagiario.

Silencio.

Gloria – Podríamos deshacernos de ella...

Alex – ¿Quieres decir... de la novela? ¿Del manuscrito?

Gloria – De su autor...

Alex – ¡Estás loca!

Gloria – Si desapareciera, a nadie le importaría... Te lo contó ella misma. Ya hace tiempo que decidió cambiar de vida. Y pasaron años hasta que la declararon desaparecida...

Alex – Dime que estás bromeando...

Gloria – Claro que estoy bromeando... ¿Entonces qué propones?

Alex – Negociar. No tenemos otra opción. Pero no estoy seguro de que se conforme con dinero.

Gloria – Se conformará. Con dinero se puede comprar cualquier cosa. Todo depende de la cantidad...

Alex – ¿Hasta cuánto podemos alcanzar?

Gloria – ¿En cuánto valoras tu reputación?

Alex – Gracias por no decir tu honor...

Oscuro.

Escena 8

Sasha está tendida en el sofá, media dormida. Gloria llega con un cuchillo en la mano, se aproxima a Sasha, y vacila un momento, como si le ocurriera la idea de matarla.

Sasha – No es tan fácil matar a alguien ¿sabes? Todavía menos con un cuchillo.

Gloria – Sólo quería cortarme una loncha de jamón. ¿Te apetece?

Sasha – No, gracias. Soy vegetariana.

Gloria – Debería haberlo adivinado.

Sasha – ¿Y eso por qué?

Gloria – No sé... Esta tendencia a identificarse siempre con las víctimas, quizás. A los que están destinados al matadero. ¿Eres creyente?

Sasha – Creo en la reencarnación. La rueda gira... Y al final, cada uno de nosotros habrá interpretado todos los papeles.

Gloria – Ya veo... Y la próxima vez, los últimos serán primeros... Eso es lo que digo. Pon resurrección en vez de reencarnación y al final, esta concepción del mundo es muy parecida a la católica.

Sasha – Incluso en este mundo, somos víctimas de nuestros propios demonios.

Gloria – Y ya que gira la rueda, acabarás por plagiarte a ti misma...

Sasha – ¡Vete a saber...! Quizás tu marido y yo somos las dos caras de la misma medalla. La Medalla de Caballeros de las Artes y las Letras...

Gloria – En nuestro matrimonio, el caballero soy yo... Te mataré.

Sasha – Y matándome, te matarás a ti misma.

Gloria – Realmente te tomas por Jesucristo.

Sasha – La que lleva una cruz en el cuello eres tú...

Gloria – La llevo como un estandarte.

Sasha – Sí. El estandarte de los privilegiados. Sólo lucháis para mantener vuestros privilegios.

Gloria – No pongo la otra mejilla. Mi fe es la de los conquistadores. La de las cruzadas. No me complazco como tú en el papel de víctima.

Sasha – Elegiste el bando de los verdugos. Como tus abuelos en la guerra.

Gloria – Elijo el bando ganador. ¿Tú no?

Sasha – No quiero tener que elegir. « Soy hombre, y nada de lo humano me es ajeno ».

Gloria – ¿También eres filósofa?

Sasha – Es de Terencio. Un autor latino que vivió dos siglos antes de Cristo.

Gloria – ¿Conoces muchas citas como esta?

Sasha – ¡Yo soy el puñal y la herida! ¡Soy el cachetazo y la mejilla ! ¡Los miembros y el tormento, el verdugo y el atormentado !

Gloria *(con ironía)* – Muy bonito...

Sasha – Es de Baudelaire.

Gloria – ¿Conoces *Las Flores del mal?*

Sasha – ¿Y tú? ¿Realmente las leíste, o sólo aprendiste unas citas famosas para poder lucirte en los salones elegantes?

Gloria – Odio a los hipócritas que se niegan a mancharse las manos con sangre, pero que acuden al momento de compartir el trofeo de la caza.

Sasha – No te fíes de los clichés sobre los veganos. Hitler también era vegetariano.

Gloria – Pareces saber muy bien de lo que estás hablando.

Sasha – ¿Hablando de Hitler?

Gloria – Hablando de crimen. Decías que no era fácil matar a alguien con un cuchillo.

Sasha – Más difícil todavía es deshacerse del cuerpo después.

Gloria – Entonces, hablas por experiencia...

Sasha – Mientras os llenabais los bolsillos con mis derechos de autor, atravesé momentos muy difíciles... Y la necesidad no conoce leyes.

Gloria – Lo entiendo...

Sasha – ¿Qué vas a entender? A vosotros que os importa la ley. La ley, sois vosotros.

Gloria *(con ironía)* – Entiendo que no tuviste una infancia feliz... ¿Quieres contármelo?

Sasha – Qué curioso... Queréis los dos que os cuente mi vida cuando ya la conté en esta novela que me habéis robado.

Gloria – Esta novela, fuimos nosotros quienes logramos que fuese un éxito. Sin este premio, hoy, hasta tú mismo te hubieras olvidado de su existencia.

Sasha – Quizás...

Gloria – Además, mírate...

Sasha – ¿Qué?

Gloria – ¿Te has oído? La gente educada no dice « ¿Qué? ». Dice « ¿Cómo? ».

Sasha – No me digas...

Gloria – No tienes el estilo necesario para ser un novelista de moda. No saldrías bien en la tele. ¡Deja que se encarguen los profesionales ! Nos beneficiaría a todos.

Sasha – O sea que me propones una distribución más eficaz del trabajo ¿es eso? Tu marido no tiene estilo cuando escribe, yo carezco de estilo cuando hablo. ¿Así que yo escribo sus libros y él habla por mí?

Gloria – ¿Y por qué no?

Sasha – Me das ganas de vomitar. ¿Cómo podéis vivir con esto desde hace tantos años? Vivir de esto...

Gloria – En este mundo de la literatura, todos se copian los unos a los otros ¿no lo sabes? Siempre ha sido así. Si fuera un crimen, la mayoría de los autores estarían en la cárcel.

Sasha – Por lo menos es un delito. Además de ser una falta, por supuesto. Pero ¿qué os importa? No tenéis el mínimo sentido moral.

Gloria – ¿Qué quieres exactamente? ¡Venga, dímelo ya...! ¿Dinero?

Sasha – De todos modos, no tenéis nada más que ofrecer. Finalmente, tienes razón. No soy lo suficientemente dócil como para ser aceptada en vuestra sociedad de mierda.

Gloria – Me parece sensato. ¿Cuánto quieres?

Sasha – Un millón.

Gloria – El galardonado del Premio Nadal recibe 18.000 euros.

Sasha – Ya... Pero si tienes en cuenta los beneficios que produce luego: publicidad gratis en la tele, millones de ejemplares vendidos...

Gloria – De este libro no se vendieron tantos.

Sasha – Siento en tu voz un tono de reproche... Finalmente, mi novela apenas era digna de ser firmada por tu ilustre marido ¿es eso?

Gloria – Comprenderás que necesitaremos algún tiempo para recaudar tanto dinero.

Sasha – No tengo prisas. Os dejo veinticuatro horas.

Gloria – También necesitaremos garantías para estar seguros de que este asunto será definitivamente arreglado.

Sasha – ¿Qué garantías?

Gloria – Una carta manuscrita de tu mano. Te comprometerás a renunciar a todos los derechos sobre esta novela a cambio de este dinero. También renunciarás a cualquier tipo de juicio.

Sasha – De acuerdo.

Gloria – Preparé un modelo. Sólo tendrás que copiarlo.

Sasha – Ahora soy yo quien tiene que copiar entonces...

Gloria – Un millón y ya está. Después, desapareces para siempre de nuestra vida.

Sasha – Podéis confiar en mí para eso. Desaparecer es algo que sé hacer muy bien. Pero esta vez, con un millón, será mucho más fácil. Dame tu papelito.

Gloria – Toma.

Sasha – Muy bien. Voy a hacer mis deberes en mi cuarto... Vuelvo tan pronto como termine. ¿Me dejarás ver la tele después?

Sasha sale.

Escena 9

Alex entra.

Alex – Acabo de hablar con mi agente. Me ofrecen adaptar mi novela para el teatro...

Gloria – Es lo que siempre quisiste ¿no?

Alex – ¿Acabo de decir « mi » novela?

Gloria – Quizás no sea tu novela, pero es nuestro libro.

Alex – Tienes razón. Este premio nos pertenece.

Gloria – Absolutamente.

Alex – Incluso volví a escribir unas frases. Al principio, esta novela no era tan buena...

Gloria – Y además plagada de faltas de ortografía.

Alex – ¿Hablaste con ella?

Gloria – Sí.

Alex – ¿Y que quiere?

Gloria – Un millón y nos deja en paz. Para siempre.

Alex – Es mucho dinero... ¿Lo tenemos?

Gloria – Sí. En el banco...

Alex – Y por lo que es de adaptar la novela para el teatro ¿qué le digo a mi agente?

Gloria – Sería mejor hacerle esperar un poco. Todavía tengo que comprobar un detalle...

Alex – Muy bien. Le volveré a llamar...

Alex sale. Gloria sale también, y vuelve en seguida con el manuscrito. Lo mira, pensativa.

Oscuro.

Escena 10

Sasha hojea la novela. Gloria llega.

Sasha – Es increíble cómo una novela, una vez impresa, parece mucho mejor que su versión manuscrita.

Gloria – Y todavía más cuando lleva en la portada la N de un Premio Nadal...

Sasha – Hicisteis bien en cambiar el título. El mío no era muy bueno.

Gloria – ¿Cuál era?

Sasha – « Memorias de una amnésica ». ¿Es que quieres tenderme una trampa o qué?

Gloria – ¿Tienes la carta que te mandé escribir?

Sasha – Aquí está.

Sasha le da la carta.

Gloria – De acuerdo...

Gloria examina la carta.

Sasha – ¿Algo te preocupa?

Gloria – No... más bien es algo que me alivia... Lo sospechaba, pero ahora estoy segura. Esta letra, la tuya... No es la del manuscrito.

Sasha – ¿Me dijo tu marido que el manuscrito había desaparecido?

Gloria – Yo lo custodié en un lugar seguro.

Sasha – ¿Y qué conclusión saca usted de este análisis grafológico « Señor Inspector »?

Gloria – Tú también eres una estafadora. No fuiste tú quien escribió esta novela.

Sasha – Si tú lo dices...

Gloria – Es evidente. El verdadero autor nunca se hubiera conformado con una compensación económica.

Sasha – Tienes razón, no soy la que tu crees.

Gloria – ¿Quién eres, entonces?

Sasha – No importa quien soy... Tuve un encuentro con la autora de esta novela en la cárcel.

Gloria – ¿Todavía está encarcelada?

Sasha – No lo sé. Estaba enferma. Quizás haya muerto. Quizás no. Me contó su vida... Su novela... La pérdida de su manuscrito.

Gloria – ¿Te manda ella?

Sasha – No. Trabajo por mi cuenta.

Gloria – Así que no sabes que fue de ella...

Sasha – La trasladaron a otra cárcel. No tuve más noticias suyas. Unos años después, por casualidad, me topé con este libro en la biblioteca de la cárcel. Lo leí. Me acordé de la historia que me había contado, y lo entendí todo.

Gloria – ¿Por qué haber esperado tanto tiempo?

Sasha – Me han puesto en libertad la semana pasada. Me vine aquí en seguida.

Gloria – Así que la verdadera autora no está al tanto de todo eso.

Sasha – Para vosotros, no cambia nada. Quiero mi pasta a cambio de mi silencio.

Gloria – Lo que sí cambia es que no eres más que una chantajista y no una artista que hubiéramos despojado de su obra. No eres una escritora. Tu carta de diez líneas está repleta de faltas de ortografía.

Sasha – Tu marido tampoco es autor. Los tres somos unos ladrones. Sólo quiero mi parte del botín.

Gloria – Sí, pero ahora no tienes más pruebas...

Sasha – Estás equivocada, querida. Ahora tengo el manuscrito original. Y no es la letra de tu marido.

Gloria – ¿El manuscrito?

Sasha – Eres más lista que tu marido, pero no tanto como yo.

Gloria – ¿Cómo pudiste apoderarte del manuscrito?

Sasha – Redacté esta carta sabiendo que en seguida irías a comparar la letra con la del manuscrito. Era para mí la oportunidad de saber dónde lo habías escondido. Te estuve vigilando y lo encontré.

Gloria – Intentas engañarme otra vez.

Sasha – Vete al sótano a ver si está todavía.

Gloria – No te creo.

Sasha – Te lo dije, acabo de salir de la cárcel. Sé encontrar donde la gente esconde sus posesiones más preciadas en sus casas...

Gloria – Perra.

Sasha le da un papel.

Sasha – Aquí tienes mi número de cuenta. Quiero este dinero en dos días.

Gloria – No te preocupes. Lo tendrás...

Gloria sale.

Escena 11

Alex entra.

Alex – Todavía estás aquí...

Sasha – Pues si... Y ya que pronto voy a ser muy adinerada, yo también podré vivir en los barrios ricos. Se vende una casa muy bonita justo enfrente de la vuestra...

Alex – ¿No te basta con arruinarnos?

Sasha – Mira… existe otra opción...y mucho más barata para ti.

Alex – ¿Cual?

Ella se le acerca en plan seductora.

Sasha – ¡Te casas conmigo! Y compartimos los derechos de autor.

Alex – Olvidas que ya estoy casado...

Sasha besa Alex en la boca. Sorprendido, no la rechaza.

Sasha – Tranquilo... Relájate *(Le acaricia las nalgas)* Ya verás, te voy a sorprender...

Alex – Ya me sorprendiste... Pero no me gusta tu estilo.

Sasha – Sin embargo firmaste mi novela. Por ser alguien a quien no le va mi estilo, bien que te agradó...

Alex – Hablaba de tu tipo de mujer... Bastante ambiguo además...

Sasha – Quién sabe... Te podría gustar.

Gloria llega y los sorprende abrazándose. Sasha se echa a reír.

Sasha – No te preocupes, todo tuyo. Por ahora... Voy a dar una vuelta, que el aire está viciado... Pero mañana, quiero mi pasta.

Sasha sale.

Alex – Lo siento... No sé que me pasó.

Gloria – Esperaba oírte decir que te había robado este beso por sorpresa. Pero parece que te haya gustado, ¿no?

Alex – Vamos... ¿De qué hablas?

Gloria – Es más joven que yo, por supuesto. Y tiene el beneficio de la novedad.

Alex – Ni siquiera estoy seguro de que fuera una mujer de verdad... No tienes nada que temer, créeme.

Gloria – Quizás. Pero tú, ten cuidado. Me perteneces. Y estaría dispuesta a matar para no perderte.

Oscuro.

Escena 12

Gloria está sentada en el escritorio. Sasha llega.

Sasha – ¿Tienes mi dinero?

Gloria – Toma.

Le da un cheque. Sasha lo coge y lo examina.

Sasha – 18.000 euros... ¿Es una broma?

Gloria – Es lo que recibe el galardonado con un Premio Nadal

Sasha – *(amenazante)* No te burles de mí, ¿vale?

Gloria – No deberías haber tocado a mi marido.

Sasha – ¿Y qué vas a hacer? ¿Matarme? Ten cuidado. No te mandan a la cárcel por plagio. Por crimen, sí.

Gloria le enseña un papel.

Gloria – Con esto tienes medio millón. Por transferencia a la cuenta que me indicaste. Tendrás la otra mitad al devolverme el manuscrito.

Sasha – Te lo devolveré en cuanto tenga el dinero en mi cuenta.

Sasha coge el papel que Gloria le acerca.

Gloria – Pero ¿Qué garantías tengo que después no volverás a chantajearnos?

Sasha – Firmé el compromiso que tú mismo redactaste.

Gloria – Hombre, por lo que vale este tipo de papel...

Sasha – Tienes razón. De hecho nadie te lo puede garantizar. ¿Cuanto tiempo se necesita para gastar un millón? No estoy acostumbrada...

Gloria – No aguantaré vivir el resto de mi vida con esta espada de Damocles colgando encima de mi cabeza…

Sasha – ¡Claro que podrás, ya verás ! Tienes más cojones que tu marido. La que lleva los pantalones eres tú ¿verdad? Aunque sea él quien se conforma con llevar las medallas...

Gloria – Me conviene muy bien así.

Sasha – ¿Por qué no firmaste tú misma ese libro en vez de dejar este títere pavonearse en los salones literarios y en la tele...

Gloria – Prefiero ser la que mueve los hilos. No me gusta estar en la luz de los focos.

Sasha – ¡Que lástima...! La luz te queda bien...

Gloria – ¿Realmente te gustan las mujeres?

Sasha – En una cárcel de mujeres, no tienes elección ¿sabes? A veces le vas cogiendo el gustillo...

Sasha se aproxima a Gloria, y ésta no la rechaza.

Gloria – Tenemos una sauna, ¿sabes? Por si te apetece...

Sasha – Por qué no...

Gloria – Se encuentra en el sótano. Ya la habrás visto...

Sasha – Gracias... ¿Querrás acompañarme...?

Gloria – Estaré allí en diez minutos.

Sasha – Te esperaré y así podremos seguir con esta apasionante conversación.

Gloria – No dudo de que será ardiente...

Gloria sale.

Oscuro.

Escena 13

Gloria entra, hablando en su móvil.

Gloria – Sí, eso es... Le llamo para anular esta transferencia. Muy bien, le envío un correo de confirmación. Gracias...

Gloria guarda su móvil y toma su café. Alex llega.

Gloria – ¿Qué pasa? Te ves preocupado. ¿Algún problema?

Alex – Vuelvo ahora mismo del sótano, para mi sesión de sauna, después de hacer yoga, como cada mañana...

Gloria – ¿Y...?

Alex – No lo vas a creer, pero esta perra ya estaba allí.

Gloria – ¿Dónde?

Alex – ¡En la sauna! Completamente desnuda.

Gloria – ¿De verdad?

Alex – Y sobre todo... Completamente... ¡muerta!

Gloria – ¿No me digas...?

Alex – Pues no te veo muy sorprendida...

Gloria – Yo qué sé... Habrá sufrido un infarto. Ocurre muy a menudo. Cuando uno está enfermo del corazón, la sauna no es recomendable.

Alex – Puede ser... Sobre todo que, al parecer, había pasado toda la noche dentro.

Gloria – ¡Vaya idea...!

Alex – Su cara estaba muy roja, y yacía en un charco de sudor.

Gloria – ¡Qué horror! Pero si el cartel de la puerta recomienda no sobrepasar media hora.

Alex – No sé para qué se quedó tanto tiempo en esta sauna...

Gloria – ¿Quién sabe...?

Alex – Bueno...Curiosamente, la puerta estaba trabada por fuera con una barra de metal.

Gloria – ¿En serio?

Alex – Dios mío, Gloria, ¿Qué has hecho?

Gloria – Hice lo que deberías haber hecho tú hace tiempo si hubieras tenido suficientes agallas...

Alex – ¿Pero por qué?

Gloria – No hubiéramos acabado nunca con ella. Nos hubiera chantajeado todo la vida. Aunque acabo de descubrir que no fue ella quien escribió esta novela...

Alex – ¿Que no fue ella? ¿Entonces quién?

Gloria – Otra mujer. Según parece, se hubiera encontrado con ella en la cárcel.

Alex – Siempre supe que esta mujer no tenía suficiente clase para ser escritor. Pero si no fue ella ¿por qué la mataste?

Gloria – Temía que me dejaras para irte con ella.

Alex – Pero ¿qué dices? ¿Yo, con ella?

Gloria – Estoy bromeando. Pero aunque no fuera ella el autor, lo sabía todo. Nos hubiera chantajeado de todas formas.

Alex – Esto es una pesadilla... Iré a entregarme a la policía.

Gloria – Palabras, solo palabras, como siempre. Muchos discursillos, y luego esperas a que yo te diga qué hacer.

Alex – Y entonces... ¿Qué vamos a hacer?

Gloria – Podríamos hacerlo parecer un accidente, pero...

Alex – Y si nos preguntan cuales eran nuestras relaciones con esta mujer, y qué hacía en nuestra sauna...

Gloria – Mejor deshacernos del cuerpo.

Alex – Bueno... Si crees que es lo mejor... ¿Y después?

Gloria – ¿Después? Nada. Volveremos a tener una vida normal.

Alex – ¿Una vida normal?

Gloria – Basta de charla. Termino mi café, y a trabajar...

Alex – A pesar de todo... debe ser una muerte horrible.

Gloria – Se lo ha buscado ¿no?

Alex – Y entonces, tú la acompañaste desnuda en nuestra sauna.

Gloria – Tenía que ganarme su confianza...

Alex – Así que ahora, sabes si era una mujer de verdad.

Gloria – Sí.

Alex – ¿Y?

Gloria – ¿Qué más da ahora?

Alex – Tienes razón. Los cadáveres no tienen género.

Gloria – Es divertido. Suena como un título de novela.

Alex – Sólo falta encontrar a alguien para escribirla...

Gloria – Bueno... Vamos... Tenemos mucho que hacer.

Oscuro.

Escena 14

Gloria y Alex entran, cargando el cuerpo de Sasha. Él le sostiene los pies y ella los hombros. La arrojan en el sofá.

Alex – No la imaginaba tan pesada... Con todo el agua que perdió...

Gloria – Conoces la expresión « Pesa como un burro muerto ».

Alex – Pues no... confieso que no la conocía. ¿Y qué significa eso?

Gloria – Que un muerto pesa más que un vivo.

Alex – Siempre que no nos pese en la consciencia...

Gloria – ¿Has sacado el coche?

Alex – Sí está abajo.

Gloria – Perfecto.

Alex – ¿Y cómo vamos a deshacernos del cadáver?

Gloria – La llevaremos a nuestra casa de campo en Galicia y la cortaremos en trozos. Cremaremos los restos en la estufa de leña, y dispersaremos la cenizas desde lo alto del acantilado.

Alex – Me asustas, Gloria. Es como si lo hubieras hecho toda la vida...

Gloria – Haz lo que te digo y todo saldrá bien.

Alex – Siempre me fié de ti, pero ahora, no sé por qué, tengo un mal presentimiento.

Gloria – ¿Tienes otra opción?

Alex – No...

Gloria – Entonces, no perdamos más tiempo.

Alex – De acuerdo... Además, después de una noche entera en la sauna, será más fácil incinerarla. Ya rompió aguas...

Gloria – Por favor, no tenemos tiempo para bromas.

Alex – Tienes razón. ¿Qué hacemos con ella, entonces...?

Gloria – Vamos a enrollarla en la alfombra.

Alex – ¿Para qué?

Gloria – No sé. Lo hacen así en las películas. Será para algo...

Alex – Muy bien...

Ella mira la alfombra.

Gloria – Me temo que la alfombra sea demasiado pequeña.

Alex – Bueno, la llevaremos así como está.

Gloria – Pero esta vez, la cojo por los pies, pesará menos para mí.

Alex – De acuerdo... Vamos entonces.

Agarran de nuevo el cadáver y salen con él.

Oscuro.

Escena 15

Alex y Gloria entran. Parecen estar relajados y de muy buen humor.

Alex – Nos sentó bien esta pequeña estancia en Galicia. Tenemos mejor aspecto ¿no?

Gloria – Sí... Pasear a orillas del océano, respirar aire puro... Volver a encontrar el sabor de las cosas auténticas. Cada vez que voy allí tengo el sentimiento de volver a casa.

Alex – ¿En Galicia? Pensaba que tu familia era catalana.

Gloria – Siempre que pueda comprar una segunda residencia, un catalán se siente en casa en cualquier sitio.

Alex – Es extraño, pero me parece que esta prueba nos acercó todavía más el uno al otro.

Gloria *(alejándose)* – Sí, yo también.

Alex – Además, ya que no tenemos nada más que esconder, me siento más relajado ¿Tú no?

Gloria – ¿Nada más que esconder...? Quieres decir... ¿entre nosotros?

Alex – Por supuesto... ¿Cenaremos con tus padres el martes?

Gloria – Sí, como siempre.

Alex – Muy bien. Me alegrará verlos.

Gloria – Sí. Hace tiempo que no los vemos.

Alex – Dos semanas ¿no?

Gloria – Sí, es lo que te decía.

Alex *(abre el periódico)* – A ver... ¿Qué noticias hay?

Gloria – Es la época de los premios literarios.

Alex – Desgraciadamente, no tendremos oportunidad de llevarnos uno. No hemos publicado nada.

Gloria – Por ahora...

Gloria coge un manuscrito, y empieza a hojearlo. Cada uno lee unos pasajes, aislados en su rincón. De repente Alex se fija en el manuscrito.

Alex – Todavía leyendo este maldito manuscrito...

Gloria – Este es otro.

Alex – ¿Otro?

Gloria – Lo encontré en el cuarto de invitados, por debajo del colchón...

Alex – Entonces... ¡ella lo habrá escondido allí ! ¡Es increíble ! Ya había encontrado yo su Biblia en un tren, y ahora que ha muerto también nos deja su Nuevo Testamento...

Gloria – Los dos son de la misma letra.

Alex – Así que finalmente ¿ella sería de verdad el autor de estas dos novelas?

Gloria – Posiblemente...

Alex – Esta mujer era realmente un demonio.

Gloria – Sí... Hicimos bien en deshacernos de ella.

Alex – Si contáramos esta historia a alguien, no nos creería.

Gloria – Por eso no la vamos a contar a nadie.

Alex – Salvo a mis lectores quizás. Habría material para escribir otro libro ¿no te parece?

Gloria – Hecho.

Alex – ¿Cómo que « hecho »?

Gloria – Es el tema de esta segunda novela.

Alex – Desde luego, no tengo suerte. Todas las ideas buenas ya han sido aprovechadas por otros. ¿Qué más me queda sino el plagio? Y este manuscrito ¿es bueno?

Gloria – Todavía mejor que el primero...

Alex – Mi agente me sigue presionando para publicar otra novela.

Gloria – ¿Por qué no firmar esta? Realmente es digna de ti, te lo aseguro.

Alex – Después de todo... ya que esta perra ha muerto, seremos sus herederos...

Gloria – Siempre sabes encontrar las palabras adecuadas, querido. Por eso seguramente eres un escritor exitoso.

Alex – Me pregunto cómo pudo acabar en la cárcel...

Gloria – Pensar que cuando vino a vernos, no tenía la menor prueba. Yo tenía el manuscrito. Vaya... no habérselo confesado todo de inmediato.

Alex – Es verdad. Me tomó por sorpresa. Te prometo que la próxima vez...

Gloria – ¿La próxima vez?

Alex – Ahora, siempre tengo miedo de que alguien llame a la puerta, y que otro de mis millones de lectores venga a acusarme de haber encontrado este libro en un tren.

Gloria – Tal como está escrito en el prólogo de tu novela…

Alex – Tampoco podemos matarlos a todos.

Gloria – No quedaría nadie para comprar tus libros.

Alex – Y ¿Cual es el título de mi próxima novela?

Gloria – « Plagio ».

Alex – Quizás tengamos que cambiarlo antes de entregar el manuscrito a mi editor.

Gloria – Este querido Max... Hablando de él, ¿le has confirmado nuestra venida a Sierra Nevada para Navidad?

Alex – Sí, sí... Está de acuerdo y todo está arreglado para la sesión de firmas.

Gloria – Perfecto. Unos días en la montaña, nos cambiará un poco. Porque Galicia, la verdad...

Suena el teléfono.

Alex – ¿Será otra estafadora?

Gloria – No tardaremos en saberlo... ¡Contesta!

Alex – Dígame... Sí... Sí, soy yo... De acuerdo... Muy bien... Sí, sí por supuesto, es un gran honor para mí... Gracias por su llamada.. *(Cuelga)* Era alguien del Ministerio. Me van a condecorar con la Orden del Mérito... ¡Para todas mis obras !

Gloria – ¿De verdad?

Alex – Ni siquiera parece sorprenderte.

Gloria – Podrás dar las gracias a papá. Le dijo algo al respecto al Primer Ministro.

Alex – Voy a tener que escribir otro discurso

Gloria – Es el precio de la gloria…

Alex – Mientras no te pidan escribir novelas...

Se miran, sonriendo. Música suave. Él vuelve a su periódico, y ella a su manuscrito, mientras la luz baja.

Oscuro.

Fin

Marzo de 2020

www.ingramcontent.com/pod-product-compliance
Lightning Source LLC
LaVergne TN
LVHW040959150826
845672LV00002B/774

* 9 7 8 2 3 7 7 0 5 4 2 6 8 *